八月のフルート奏者

笹井宏之

新鋭短歌

八月のフルート奏者　＊　目次

二〇〇四年

愛用の栞に付きし折り目より物語一行零れている

2004. 10. 14

カレンダー捲るのを忘れ長月の景色壁だけに残されている

2004. 10. 14

君が差すオレンジ色の傘を伝うたった一粒の雨になりたし

煎餅に塗してあるざらめを嚙むクリスタル砕け喉の奥に消ゆ

2004. 11. 4

舌に置く白月蜜柑に似て甘し口腔の中仄かに光れる

2004. 11. 11

満月に彷徨える夢何処《いずこ》からフィドルの音は流れてくるか

2004. 11. 18

君でなければならなかったのだろうか国道に横たわる子猫の背

うっすらと薄闇に傾ぐ歯ブラシの毛先微かに乱されており

埃舞うガラス戸の桟に手を掛けて祖父は独り換気をしており

2004. 11. 18

被災地の映る画面のチャンネルを変えるその手で何が出来るや

2004. 11. 25

名を呼ばれ週刊誌から目を上げれば百舌鳥鳴いている心療内科

真っすぐに走らせる赤クレヨンを唯一筆とした日を思い

2004. 11. 25

頬染めて君は紅葉となりにけりまだ鮮やかな青のベンチで

2004. 12. 2

音も無く投函されし絵葉書の少女暗闇を見つめており

焔《ほむら》走る白雲を切り裂く斜陽の捩じ込まれる狭山の際に

2004. 12. 9

夢に出てきんさるとは珍しか三回忌やったねタケ子ばあちゃん

三回忌独りに慣れたと言う祖父の遠くを見やる話の切れ間

散る銀杏散らない銀杏それぞれの並木を縫いしエンジンの音

からんと季節外れの風鈴にどこか心を温められて

金色の炎の如き雲海の永遠なる凪に月抱かれおり

2004. 12. 16

胃の検査やったほうがヨクナイ?と語尾上げる癖で心配されて

2004. 12. 16

幸せでいいですかと問う君の横ほら幸せが頷いている

進んでいるのだと思っていたけれどほんとは車窓のシネマだった

緩やかに星繋がってゆく空に銀河鉄道の汽笛が鳴る

2004. 12. 23

気兼ねなく好きだと言えるその人の手は僕よりも少し冷たく

小夜風に振られるタクトそれぞれの街を過ぎ去る交響楽団《フィルハーモニー》

ため息で背広を脱いだ父なれど箸と茶碗の喧嘩凄まじ

二〇〇五年

鋳割れて路肩に眠る白磁にも匠の焼べる火があったのだ

他愛無い質問「好きな色は何？」答える「今日は水色でした」

味付きの海苔が好きとか嫌いとかそんな話の出来る食卓

2005. 1. 13

パソコンの起動時間に手に取りし詩集を最後まで読み通す

てくてくてくぐるぐるにゃあんぴょーんぴょん「こら神棚に上がっちゃ駄目よ！」

落花生食む度に落つる甘皮に人の残せるは何ぞと問う

2005. 1. 20

携帯のカメラでは上手く撮れぬからメールに書いた「夜空を見なよ」

うっかりと踏んでしまった水溜り古里ぼんやり眺めておりぬ

2005. 1. 27

早送りするビデオテープの戦場に停止ボタンは故障している

わたくしは運命という者ですが実はわたくしも頭痛持ちです

目を閉じて耳を塞いでみてもまだ空には月が請う目をしてる

床にあれど母は母なり咳き込みつつ子の幸せを語りて眠る

百万年経って発見されるのは手を繫ぎ合う二人の化石
密やかな夢は終わりを告げて今感じていたり唇の熱
雪原の蕗を芽吹かする光のごと我の上にも蒼天よあれ

2005. 2. 3

旅客機の瞬くランプ夜空へと交わってゆく星座が出来る

2005. 2. 3

永劫の暗夜に浮かぶ星青く我は風無き月の住人

2005. 2. 17

春立ちて凍てたる疾風過ぎ去れり何処に還らん薄氷の月

2005. 3. 3

今は亡き祖母の歌いし南天の実は啄まれようやくの春

2005. 3. 10

外套の釦をきつくきつく締め軋む廊下は帰られぬ道

立つことを目的として立つことを叶えた後に歩みゆきたい

2005. 3. 17

香りしは白木蓮とミルクティーあなたの目蓋おろしつつ春

2005. 3. 24

暗黒に散る花のみの鮮かな絵画のありし春を待つ夜半

2005. 3. 31

ぴんぽんぱんぽーん　ボール追うこどもらは辞書から「休む」蹴っとばして

遠景に拡大されし老農の眼窩に刹那宿れる陽と陽

鳥居にも春は来るらし代わる代わる鳥達は花　飛べば花びら

雲一つ風一つ無い震源地上空へ真っすぐ伸びる土筆

2005. 4. 14

亢竜の鱗は春の野に降りて哀し哀しと溶けてゆくなり

2005. 4. 21

二十年眠り続けたギブソンの六弦切って埃　光

熱圏に打ち放たれし鏑矢《かぶらや》は初恋前夜風なりしもの

2005. 4. 21

桃色の花弁一枚拾い来て母の少女はふふと笑えり

2005. 4. 28

黒髪の麓は無風ブラウンのくせ毛の君と見てる葉桜

一枚であること一人であることの水泡　此岸桜は流れ

アスパラの冷えゆくシンク　排水の果てなる海に嵐来るらん

2005. 5. 5

鞦韆にぴたりととまる甲虫の飛び立つまでを鎖揺れおり

追い風に追い越されては追い付いてバトンを渡す春の真ん中

2005. 5. 12

大砲を撃つものしんと佇んでペリリュー島の藤棚である

青　白　朱並んで初夏の陶磁器が十万の手に触れられている

購いて来し箸置きに片方ずつ並べておりぬ吾と君の箸

2005. 5. 26

弓張の弓もて奏でん群青のコントラバスのような森林

2005. 6. 2

はつなつのたまごサンドを飲み込んで広葉樹林に佇むふたり

命《いのち》命《いのち》無数に散ってゆく朝も菖蒲は青く咲く花である

2005. 6. 9

来年は二人で聴こう蛍《なつむし》のラヴソングいや、ラヴライト

鵜の項ゆ幽けき悲鳴聞こえくる鳥類図鑑持ちて歩めば

指の間《あい》に冷たき腹の厚みありて守宮放てる朝戸にぞ立つ

サバクでもラクダでもないサラダにはサハラの太陽みたいなトマト

2005. 6. 16

何一つ助ける術を持たぬまま吾は助手席に座っておりぬ

2005. 6. 23

逃げ水を追い掛けていし頃の事ふと汝が頻に語りかけたり

2005. 6. 23

想うとは夏の動詞か汗と汗の間《あわい》にいよよ強くなりたる

2005. 6. 30

人にやや遅れて歩む君の背の月光陽光決して霞まず

2005. 7. 7

きらきらと言うほか無くてきらきらと潮風を受く吾の赤き舌

2005. 7. 21

混沌を絡めて口へ放り込む　パスタの白きああ白きスープ

2005. 7. 21

時として獣のわれを許す汝の背には肩甲骨とう翼

2005. 7. 28

長々し夜にわれ独り眠れどもメール受信の僅かな灯り

2005. 7. 28

呼び合える名があることの嬉しさにコーラの缶の露光る夏

われに降る嘘の一滴　四輪の水撥ね上げし後の歩道に

あおあおと空は沈黙　白鳥の燃ゆるをわれは風上に聴く

2005. 8. 4

霧のごとき汝を掻き抱くためわれの胸に八月のすべてがある

2005. 8. 11

蜂の巣へ蜂は帰りぬ　夕つ方雲に連綿体を描きて

2005. 8. 18

茜さす折り鶴ひらく記憶素子　その裏の真白き支配をみよ

2005. 8. 18

三日目の朝に結句が降るという予報みごとに外れいて晴れ

2005. 8. 25

木屑散る旧校舎の騒音のなか日に焼けている三島全集

ＰＣのデータの二三消える夜ふと猫などを疑っており

2005. 9. 1

月という月のすべてがさふぁさふぁと欠けて真夏の夜気をむさぼる

いっせいに雨音　いいえかなかなの斉唱　いいえ缶ビール　ＹＥＳ

2005. 9. 8

静かなる庭に足音響きいて月かもしれぬ　鬼かもしれぬ

2005. 9. 15

弔いの声大陸を渡り来て日本国旗の微風となれり

2005. 9. 22

黄の絵文字あかのかおもじ灯らせてわれの携帯今夜より秋

2005. 9. 29

青年の剃り残したる髭のごと夏草原に木立たつ　風

2005. 9. 29

「あ、秋です」インターホンに告げられて郵便受けの楓一葉

われというネジを欠いても街は二時三時と夜を刻む清潔

すずむしの鈴盗まれし十六夜に甍《いらか》鳴らせる足袋の四、五足

2005. 10. 6

夏草になつ暮れてゆく前奏はひかりのなかの鷺のはばたき

2005. 10. 13

群るることああ忘れたというような目をひらきおり我が曼珠沙華

2005. 10. 13

父親は酔いつつ星を二つ三つ下げて帰りき風冷たき日

秋の陽のコップに沈みつつあるを飲み干す未だ青年のわれ

チベットへ降り立つ手足黒き者　ひと束稲を刈りて生きなん

2005. 10. 20

秋雨の国見の山を仰ぎつつポンと手の甲へおく手のひら

2005. 10. 27

秋桜の千本あれば千本の影あり　園に夕暮れは来て

2005. 11. 3

ゆうゆうと真珠母雲を越えて来し月のそびらにわが思いあり

2005. 11. 3

蟷螂の腕《かいな》ゆ落つる鱗粉に息吹き掛けし星夜なりけり

2005. 11. 10

花束をかかえるように猫を抱くいくさではないものの喩えに

2005. 11. 17

北極星翳り終えたる猫の目に残りていしは淋しさならん

玄関は人を吐き出し閑雅なるひかりひととき育てておりぬ

やがて音ひとつとなりて流れたり　水澄む秋の蛇口つめたし

残されたかまぼこ板のかまぼこは魚群魚群と排水溝へ

積まれいたる霜月の荷へ降り続く雨や　闇より出で来しショパン

2005. 12. 1

あかときに差し出だされし双の腕　流星群束ねつつ吾を抱く

2005. 12. 8

チェリストの弓は虚空を描きたり　最終音符に炎灯して

2005. 12. 15

焼芋を売りおるひと売られおるひと　どちらも芋のごとあたたかし

2005. 12. 22

二〇〇六年

マフラーのほつれにゆびを這わせつつうつつのわれにふるるゆめのわれ

2006. 1. 5

とんとんとゆきのつぶてはキタキツネ　ちるとぶほうとあかりちるとぶ

2006. 1. 12

バビロンに塔建ちゆくも一匹のにんげん脱することなきわれら

2006. 1. 19

ぱそこん、とひとが壊れてゆく音をききながら甘海老むしる夜

2006. 1. 26

どこまでも世界にひとりということのわが影連れて雪道あゆむ

2006. 1. 26

くちづけののち破壊的月光の差し来る部屋できみを抱けり

2006. 2. 2

花植うる手に冷風の巻きついてゆらりとわれをうごかしはじむ

2006. 2. 2

沈黙はうっすらと苔むしていてどうにもならぬ　爪、入るるなり

2006. 2. 9

冬の夜の終わり　人工衛星が季節切り裂きつつ落ちてゆく

2006. 2. 16

割り箸は母の口紅あかあかと付けしままサーモンを挟めり

2006. 2. 23

声に羽根生えてしまうを切り落としじかにくちびるへと伝えゆかん

2006. 3. 2

大楠をつらぬく白羽　揺れやまぬ影にふたりという孤独あり

2006. 3. 9

ゆるやかにひらかれてゆくわれのうえを雲よりはつかこぼれくる春

2006. 3. 16

踏み切りの真中で月を失いし夜とわれとが擦れ違いたり

2006. 3. 23

日本語が熟れてゆきます　うすあかりする古書店の春の詩集に

2006. 3. 23

命よりも重たいものばかりの部屋できみはベーコンエッグをちぎる

2006. 3. 30

今宵月へ帰らんとする群衆を押しとどめつつ降る春の雪

2006. 4. 6

たっぷりと春を含んだ日溜まりであなたの夢と少し繋がる

2006. 4. 6

告白のはじめの言葉はらはらと落ちるゆきやなぎの散歩道

2006. 4. 20

わがうちに散る桜あり　君の名を呼ぶとき君はきらきらと風

2006. 4. 27

なにを捨て去ったのだろう　こなごなの琥珀のように太陽の群れ

2006. 4. 27

木の間より漏れくる光　祖父はさう、このやうに笑ふひとであつた

2006. 5. 4

さうではない、肥大しすぎた両翼がのしかかり舞へないのだ人は

2006. 5. 11

くれなゐの目にあをぞらを映しては春の終はりへ跳ぶ山兎

2006. 5. 18

みづうみにあはき烈傷　大鷲はうをを掴ひて舞ひ上がりけり

2006. 5. 25

涙にも温度があるといふことを頬のあたりに記憶してゐる

とけてゆく君をきみへと収めつつ明けの一等星眺めをり

2006. 5. 25

昏迷の砂漠に声は響きつつ哀しからずや浜崎あゆみ

ねむりゐるきみがひとみをあふれきた夏のなみだはみづいろである

2006. 6. 1

「いだきあふ、ひとつになれぬゆゑ」といふ歌曲をおもひつつ服を着る

2006. 6. 8

わが里を大鴉二羽飛びゆけり　そののち銀の黄昏は来ぬ

2006. 6. 8

わがうではもうすぐみづに変はるゆゑそれまでぢつと抱かれてゐよ

2006. 6. 15

うすあかき実をちぎりたる感触の手によみがへりくるねむりぎは

2006. 6. 15

いくとせも鏡のなかを歩みゐる我とけふまた目を合はせけり

2006. 6. 22

なんといふしづかな呼吸なのだらう　蛍の群れにおほはれる川

2006. 6. 22

飛魚が大陸をみるひとときに生まれ出でたる命もあらむ

2006. 6. 29

どうしてもかなしくなつてしまひます　あなたをつつむあめのかをりに

2006. 6. 29

大雨の後のさ庭に立ちをれば我を追ひ越しゆく糸蜻蛉

半月の真下ほたるの宿り木をほろほろおちてゆくひかりたち

トカゲにもわれにもおなじ血は流れ数億年の温度を持てり

2006. 7. 6

猫が猫の顔してゐたり　それだけのひとひ、小糠雨は降りつづき

ひらはらといふ姓を持つ唄ひ手のゐてひらはらと声をだしをり

2006. 7. 20

この雨をのみほせば逢へるでせうか　川の向かうで機織るきみに

2006. 7. 20

あかときの第三レーンを転がりゆく惑星のかすれたる群青

2006. 7. 27

夏山に入道雲の湧き出づる白き泉がありしとぞきく

2006. 8. 3

真夜中の墓地あたたかし　どのつちの下にも生の時間が眠り

鯉の滝登りのやうに大雨のなかをあなたは軽自動車で

夕凪の終はりに聳え立つてゐる風力発電機の白き脚

2006. 8. 3

恐ろしきみどりがわれの虹彩を突き抜けて記憶へと変はりぬ

ことばとふナイフを持ちて切り出だす　太陽よりもあたたかきうた

2006. 8. 10

愛のやうなものを両手に受けとめる　ハイビスカスのかをりのなかで

2006. 8. 17

八月のフルート奏者きらきらと独り真昼の野を歩みをり

鬼百合が鬼に戻つてゆくさまを尼僧のやうな眼で見つめをり

大量の寝汗とともにほどかれたる神経繊維を編みなほす夜

幾千もの星のひかりに切られゐし冷たき頬へシーツをあてる

2006. 8. 24

あの人は狐だらうといふやうな噂も立たずひたすらに夏

さたうきび畑の唄をうたひきり夏大根ざくりときざむ母

2006. 8. 31

台風の目をはばたける鳥達に涙とふ名を与へてやりぬ

2006. 9. 7

「押し入れに秋が入つてゐることは内緒」と小さき子が囁けり

2006. 9. 14

終はらない夏が誰にもあることをさやいんげん刻みつつ思へり

2006. 9. 14

ああこんなところに夏の脱け殻が白球として転がつてゐる

日本を脱出しても思ふだらう　淡きたたみの薫り手ざはり

2006. 9. 21

はらはらと枯葉舞ひゐる国道を夏の背中が遠ざかりゆく

2006. 9. 28

かげろふのきえゆくゆふべ　秋の手がきみとわれとを握りしめたり

2006. 10. 5

みづうみに沈んでゐたる秋空を十の指もて壊してしまふ

2006. 10. 12

君といふ空間にふと立ち入れば雲ひとつなき夕ぞらにあふ

2006. 10. 19

廃品のなかでひときはたくましく空を見上げてゐる扇風機

2006. 10. 26

われが我としてあるためにみづいろの鳥を胸より放つ十五夜

2006. 10. 26

枕辺に一頭の犀あらはれて悲しき夢を突き上げにけり

2006. 11. 2

うたふなら月をささぐるなら花を　きみのつめたきまぶたのうへに

2006. 11. 9

古井戸の底より亀があらはれて迷ひ楓の端をつつきぬ

2006. 11. 16

銀の野がひろがつてゐた　ふたりとも袖をふれあはせるだけだつた

2006. 11. 16

わがうちの銀杏並木を染め抜きしきみといふ名の風の一陣

2006. 11. 23

海のをとこ山のをみなと抱きあひてその大陸のやうなる背中

2006. 11. 30

冬ばつてん「浜辺の唄」ば吹くけんね　ばあちやんいつもうたひよつたろ

2006. 12. 7

雨といふごくやはらかき弾丸がわが心象を貫きにけり

2006. 12. 14

まぼろしの湖岸を歩むときのまを足跡に降る雪色の蝶

2006. 12. 21

子供らはグローブひとつたづさへて真白き夢を交はし合ひけり

2006. 12. 28

二〇〇七年

ひたすらに瞳の奥を確かめる　あなたは炎かもしれぬから

2007. 1. 11

十二月二十六日煙突のうちより発見さるる老人

2007. 1. 18

平和とはでんがくのこの大根のぬくみのやうなものではないか

2007. 1. 25

セーターにふゆの嵐を編み込んで君はひとりの夜を耐へてをり

2007. 2. 1

人とひとのあはひに黒きゆきのふる時代がつひに来てしまひたり

2007. 2. 1

手袋のなかが悲しき思ひ出に満たされてゐて装着できぬ

2007. 2. 8

冬の夜の水道水を湛へつつ今にも震へだしさうな皿

2007. 2. 8

月光に水晶体を砕かれてしまひさうなるきさらぎの宵

2007. 2. 15

三月のあたまにかかる橋ありき　眠りののちに渡り終らむ

2007. 2. 22

摑もうとして転びたり　ゆふぐれの山河に垂るる春のしつぽを

2007. 2. 22

精神科外来も外科外来も変はりません、と言ひて虚しき

2007. 3. 1

かなしみがはうれん草にごまをふる音のなかよりあらはれいでぬ

2007. 3. 8

午後きみはひかりのかごを編んでをり　居眠りをするわれの傍ら

2007. 3. 15

信号をしたたる雫　二十二時黄の明滅とともにひそかに

2007. 3. 22

あかときの風が凪ぐころ汝の夢にわれは原野の虎となるらむ

2007. 3. 22

たましひの還る世界に似て遙か　インターネットといふ混沌は

2007. 3. 29

前《さき》の世に出逢ひてゐたるあかしかと思ひぬ　なにか君が懐かし

2007. 3. 29

在りし日の坑夫のやうに太き風、煉瓦の纏ふ蔦を揺らしぬ

2007. 4. 5

しづかなる炭坑街の片隅に転がつてゐるサッカーボール

2007. 4. 5

少年よ大志いだかずとも人を愛せ　砂塵の吹雪く世界に

2007. 4. 12

花冷えの竜門峡を渡りゆくたつたひとつの風であるわれ

2007. 4. 19

あすひらく花の名前を簡潔に未来と呼べばふくらむ蕾

2007. 4. 19

ひと晩中、森を彷徨ひつづけたる山彦とばつたり出くはしぬ

2007. 4. 26

一陣の風受けしのちしづもれる若葉のあひを桜散りゆく

2007. 4. 26

音声の切れたテレビを消すやうに夢見の為のカーテンをひく

2007. 5. 3

ひとときの出会ひのために購ひし切符をゆるく握りしめたり

2007. 5. 10

どのやうな鳥かはわからない　しかし確かに初夏の声で鳴くのだ

2007. 5. 10

石楠花の一花一花の飛び立つを夢想の窓に眺めてをりぬ

2007. 5. 17

皿山に皿の音《ね》ひびき一本の苗より生れし大樹のそよぎ

2007. 5. 17

線香も花も持ちあはせてゐないからこの歌を代はりにどうぞ

2007. 5. 24

ゆふづつに巨大なる雲かかりゐて見えなくなりしトトロを思ふ

2007. 5. 24

濡れそぼつ竜の若きが落とししは柔らかき錦の鱗なり

蟻の眼にわれ、われの眼に大欅そびえて夏を待つてゐるなり

2007. 5. 31

ふるさとは唄そのものであるゆゑに今宵も我はうたはれてをり

2007. 5. 31

水無月の空に飛竜となる夢を浮かべつつしなだれる鯉幟

2007. 6. 7

伝へたきひとがゐるゆゑこの歌にあかときの両翼はひらきぬ

2007. 6. 14

ゆつくりと歌のつばさを折りたたむ結句を見たりゆふべの空に

2007. 6. 14

らいおんのあくびのやうに盛大にあなたのことを好きだと言はう

とれたての真珠のやうに子どもらが夏の手前でひかつてゐます

2007. 6. 21

書肆侃侃房
Shoshikankanbou

水脈を聴く男

ザフラーン・アルカースィミー　山本薫、マイサラ・アフィーフィー訳

本体2,000円＋税　978-4-86385-674-5

アラビア語圏最高の文学賞
アラブ小説国際賞受賞作！

井戸で発見された溺死体のお腹から取り出された胎児。
彼には大地の「水脈を聴く」能力が宿っていた——。

アラビア半島に位置し、雨のほとんど降らない小国オマーン。地下水路（ファラジュ）による独自の灌漑システムは、峻険な岩山や荒涼とした砂漠の地を潤してきた。『バグダードのフランケンシュタイン』などが過去に受賞したアラビア語圏最高の文学賞に輝いた、水をめぐる傑作長編。

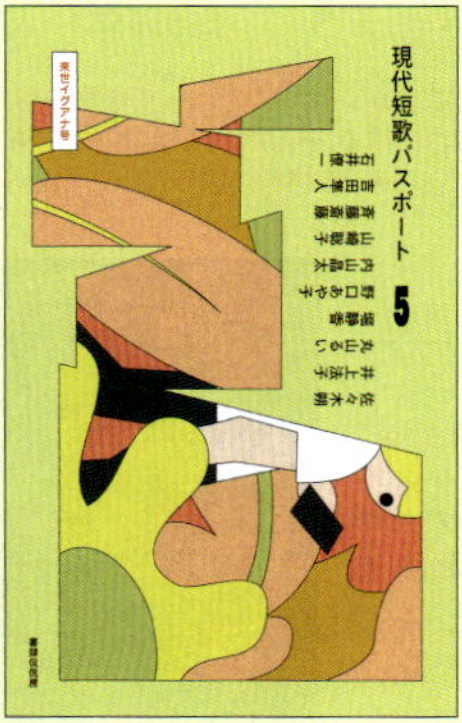

現代短歌パスポート5
来世イグアナ号

本体1,000円＋税　978-4-86385-670-7

大好評の書き下ろし新作短歌アンソロジー歌集、最新刊！

斉藤斎藤　山崎聡子　堀静香　吉田隼人
井上法子　佐々木朔　石井僚一　丸山るい
野口あや子　内山晶太

佐々木朔「新市街」　井上法子「碧瑠璃」　丸山るい「遠景」
堀静香「ひらひらと四股」　野口あや子「サブスク」
内山晶太「逃げてゆく馬たちの」　山崎聡子「越冬隊」
斉藤斎藤P「呼吸のように」　吉田隼人「nunc aeternum」
石井僚一「ありがとアーメン、さよならグッバイ」

大江満雄セレクション　木村哲也編

本体2,000円＋税　978-4-86385-662-2

ぼくらを感激さすものは　ぼくら自身がつくらねばならぬ（「雪の中で」より）

ハンセン病療養所の入所者による合同詩集『いのちの芽』を編んだ詩人大江満雄の代表的な仕事を精選した作品集。

プロレタリア詩運動の中心で活躍した後、戦争詩の時代を経て、戦後の激動期を生き抜いた大江満雄。常に混交のなかに身を置き、社会の片隅で生きる人たちへのあたたかいまなざしにあふれた作品群を残した。単行本初収録作品を含む詩63篇と散文8篇を収録する。

空と風と星と詩
尹東柱日韓対訳選詩集　尹東柱　伊吹郷訳

本体2,000円＋税　978-4-86385-661-5

空を仰ぎ、星をかぞえ、時代の朝を待った尹東柱（1917－1945）
彼の詩を読みながら、ゆかりの地をたどり、彼の歩いた地と彼の心を感じてほしい。

自選の19篇を中心にした日韓対訳選詩集　韓国で最も愛される澄明な詩群
詩人の生涯を詩と写真でたどる旅　両開きで日本語と韓国語の詩をそれぞれ収載

メイ・モリス
父ウィリアム・モリスを支え、ヴィクトリア朝を生きた女性芸術家　大澤麻衣

本体2,300円＋税　978-4-86385-664-6

“私は普通の女ではありません。昔からそうでした。
誰もそう思ってはいなさそうですが”――メイ・モリス

モリス商会創設
150周年

刺繍は高度な技術とセンスを必要とする芸術ですが、それに携わってきた女性たちは芸術家として扱われてきませんでした。この本はそんな刺繍に人生を捧げた女性アーティストの姿を浮き彫りにします。　――北村紗衣

裏組織の脚本家　林庭毅　明田川聡士訳

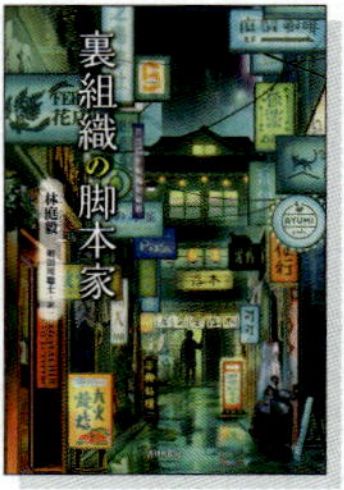

本体2,100円＋税　978-4-86385-663-9

人生の台本を書き換えられるとしたら、誰の人生を“サンプル”にしますか？

台北・西門町にある浮木《フームー》という居酒屋には、闇の組織「ワラビ」のメンバーが潜伏している。屋根裏の小部屋「ワラビの部屋」に「新しい人生の台本」を抱えて入れば、人生を変えることができる。ただし、それには条件があった……。

台湾発のSFファンタジー　≪ドラマ化企画進行中！≫

ザ・ブック・オブ・ザ・リバー　川合大祐

本体2,200円＋税　978-4-86385-671-4

フーダニットの針が挿さってゆく水風船

現代川柳の到達点とも言える、異次元の2025句を収録する川合大祐第三川柳句集。『スロー・リバー』『リバー・ワールド』と続いてきた前人未到の現代川柳プロジェクト「リバー」シリーズ、ついに完結！

ずっとのろしをみていた鼻行類の図鑑
奥村という説得を思いつく
未確認飛行物体（F・カフカ）
砂漠から巨大舞妓が立ちあがる
9の字を校庭に描く時の暮れ
バカミスに犬小舎をでる犬　朝だ

LPの森／道化師からの伝言
石田柊馬作品集　小池正博編

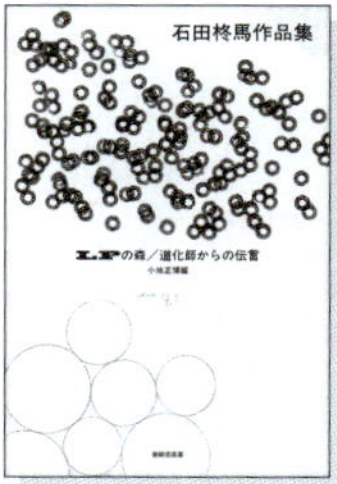

本体2,000円＋税　978-4-86385-646-2

瀬戸夏子さん推薦！
「どうしようもなくかっこいいのに、そんなことを言ったら嫌われてしまいそうだ。含羞のダンディズムに導かれてわたしたちは現代川柳の真髄を知ることになる」

川柳性を徹底的に突き詰め、「妖精は酢豚に似ている絶対似ている」などの作品でも知られる現代川柳の先駆者・石田柊馬（1941～2023）。没後2年目に出版となる、晩年の作品と「道化師からの伝言」「世紀末の水餃子」ほか代表的な評論を収載した作品集。

往信　佐々木朔

本体2,000円＋税　978-4-86385-666-0

朗読をかさねやがては天国の話し言葉に到るのだろう

ぼくの街、森、湖辺《うみべ》から　きみの駅、埠頭、観覧車へと　連絡橋を渡っていく切手たち。そして鳩。——飛浩隆

はるのゆめはきみのさめないゆめだからかなうまでぼくもとなりでねむる
いちめんに銀杏つぶれラブコメの最後はかならずラブが勝つこと
関係を名づければもうぼくたちの手からこぼれてゆく鳳仙花

ユニヴェール23　この窓じゃない　佐倉麻里子

本体2,100円＋税　978-4-86385-668-4

ここじゃない場所でこれじゃないくらしをしたい　早めにめくるカレンダー

ネガティブを反転させるユーモア。佐倉さんの歌が、幅広い読者に受け入れられることを強く予感している。——伊波真人

写真付きの身分証ひとつも無くて私は私で合っていますか
「ゆううつ」とフリック入力する指が軽快すぎるから見においで
仮装大賞のランプに例えつつ急な体調不良の話

株式会社 書肆侃侃房　@kankanbou_e
福岡市中央区大名2-8-18-501　Tel：092-735-2802
本屋＆カフェ　本のあるところ ajiro　@ajirobooks
福岡市中央区天神3-6-8-1B　Tel：080-7346-8139
オンラインストア　https://ajirobooks.stores.jp

kankanbou.com

午後のコーヒー、夕暮れの町中華

安澤千尋

本体1,800円＋税　978-4-86385-672-1

いつだってわたしを助けてくれたのは、街にある小さな店だった。
そこへたどり着けさえすれば、またわたしは生きる力を取り戻すのだ。

街歩きエッセイスト「かもめと街 チヒロ」が、東京の店の情景を描く。

浅草、上野、日本橋、銀座、新橋、神保町、秋葉原
——東京下町エリアを中心とした全61店

揚げたてのチキンバスケット — 銀座ブラジル 浅草店（浅草）/夢うつつの空間で、クリームソーダ —丘（上野）/平日のサラリーマンとポンヌフバーグ — カフェテラス ポンヌフ（銀座・新橋）/喪失と再生のグラタントースト — カフェトロワバグ（神保町・神田）

家出してカルト映画が観られるようになった

北村匡平

本体1,700円＋税　978-4-86385-669-1

伊藤亜紗さん推薦！　「潔癖症なのに約30カ国を旅し、27歳でようやく大学受験。「リスク回避」「コスパ重視」の社会が到来する前の時代、まだ若かった先生は、敷かれたレールをひたむきに踏み外していた。北村さんは、最後の「変な大人」なのかもしれない」

日本経済新聞「プロムナード」の大好評連載に書き下ろしを加えて書籍化。
『椎名林檎論』などが話題を呼んだ映画研究者の初エッセイ集！

第8回 笹井宏之賞作品募集中！

募集作品：未発表短歌50首
選考委員：大森静佳、永井祐、山崎聡子、山田航、金川晋吾
応募締切：2025年7月15日
副賞：第一歌集出版
発表誌：短歌ムック「ねむらない樹」vol.13（2025年12月発売予定）

二元論ばかりの空を渡りゆく黒きかりがね白きかりがね

われわれは孤独な塔であるゆゑに真白き蝶を待つばかりなり

泣いてゐるものは青かり　この星もきつとおほきな涙であらう

2007. 6. 28

われの手を引きたるものの名を呼べば雲が微かに染まるのだつた

2007. 7. 12

あつさりと缶コーヒーを選びたる手がそこはかとなく俵万智

2007. 7. 12

六月の雨が両手を伝ひつつわが深層へ雫するのだ

2007. 7. 26

パチスロの明かりが夜の水田を覆ふ　綺麗と思つてしまふ

消えやうとする轍より立ち上がりまぼろしの向日葵はわらひき

ややひだりに傾きながら虹入りの水たまり崩せる車たち

2007. 8. 2

ワイパーを飛び越えてゆくバッタあり　若葉マークをはづしてゐたら

あくあまりんあくあまりんと唱へつつ透けゆく君のはだへにふるる

2007.8.9

にんげんのねむれるあはひ森閑と行はれけり月のまばたき

灰色で埋め尽くされてしまふ日は母なるものの歌をうたはう

2007. 8. 16

夏深くなりゆきわれはさみどりの光といふを抱きしめにけり

2007. 8. 16

人生はソフトテニスの壁打ちさ　さうつぶやいて風にでもならう

2007. 8. 23

なによりも澄みたる青と思ひしとき背中を強く強く打ちたり

――――＊　と蜘蛛たれてきて寒がりな振子時計を演じはじめぬ

月へゆく舟を折らむと竹叢へ入りし後のあなたを知らず

2007. 9. 13

外つ国のをみな列車を降りゆけば青きひとみに喰はれゐる月

2007. 9. 13

ヒトといふ脆きあやふき現象を立たしめて去りゆく夏の風

2007. 9. 20

ペットボトル半分ほどの優しさを生きとし生けるものの全てへ

ルードルをくちへ近づけつつ君は小雨のやうな表情をせり
胎内の記憶といふか霧雨に聳ゆる塔のあはきかがやき
幼子の眠りのやうな夜がきて我を長月へといざなひぬ

2007.9.27

この国に夢はあるかといふ問ひに大樹ははつか枝を揺らせり

2007. 10. 4

いぶきといふ名札を胸に駆けまはる女子《をみなご》ありき風の深みに

2007. 10. 4

ぎんいろの風吹きわたる砂浜へ脱ぎ捨てられしやどかりの宿

かなしみの雨がしづかに止むゆふべ羽根やはらかしわが渡り鳥

2007. 10. 11

あはれあはれ安倍晋三のほほ肉のごとき夕雲水面に消ゆ

星の死の一部でありしわが生を十億年の蠍がわらふ

町中の赤信号の点滅がかなしくて思はず「あ」と言へり

2007. 10. 25

ゆつくりと私は道を踏みはづす金木犀のかをりの中で

2007. 11. 8

うたびとの翼の千切れゆくを見き　あまりに閉ざされてゐる島に

ひろゆき、と平仮名めきて呼ぶときの祖母の瞳のいつくしき黒

2007. 11. 15

あかときの眼科病棟　祖母はいま夢の朝陽を浴びつつあらむ

目病みせし日々の窓辺を昇る陽をうつくしとだけ祖母は言ひけり

掬はれてわがてのひらを揺らぎつつ月の滅びのしづかなる秋

2007. 11. 22

キリギリスはばらばらとなり新月のゆふべ蟻の巣へと収まりぬ

2007. 11. 22

吾を産みし人のとなりに吾を生せし人は座りぬ　コスモスに風

あをぞらの青が失はれてしまふ汝を抱きしめてゐるあひだにも
水の星へ深く根付きし肉体を真白き骨は貫いてをり
黄鶺鴒、或ひはわれの感傷の全き翼散る夜を眠れ

2007. 11. 29

流星の尾を摑まむとする刹那むしろゆたけき闇をよろこぶ

永久《とこしへ》の死者を弔ふ秋雨よ　風よ　覚えてゐて呉れよ吾を

初恋のひとの背中を思ひつつ紅葉降る坂道を下れり

2007. 12. 13

まなうらに山河激しく吹雪けるを真横に裂きてわが目覚めたり

蒼穹の翼は今し散りぼふて死とはかそけき生のはじまり

外部こそ全てであるといふことの玉葱を剥きつつ泣くものか

伝はらぬ思ひがひとつ胸中に絵画のやうに掛かりてをりぬ

2007. 12. 20

北風をコートとなして一本の柊立てり小雪《さゆき》のゆふべ

我が家といふ大き生きもの起きいでてまづ父親を吐き出しにけり

2007. 12. 27

ゆふばえに染まりつつある自転車の夢見るやうな傾き具合

二〇〇八年

灰色の手袋を買ふ　この国のいたくぶあつき降誕祭に

2008. 1. 10

ゆつくりと下から順にひび割れてオン・ザ・ロックの氷さやけし

爪切りはくちをひらきてわが生の真白き淵を噛みきりにけり

鮨桶のふちに残れる飯粒へ世界平和を祈つてしまふ

サーモンの握りを舌にあそばせて海の底なる都市を思ひき

2008. 1. 17

寒いねと言ふとき君はあつさりと北極熊の目をしてみせる

2008. 1. 17

冬椿枯れそめ、　されどまぼろしの坑夫が夢をみる煉瓦館

2008. 1. 24

夕暮のひかりに迎へられてゐし我が吹くフルートのアヴェ・マリア

2008. 1. 24

杯に映れる地球あをあをと　ああ、　ぼくたちのふるさとだつた

蠟燭の消えやうとするちからさへこの星の動力であること

水面をあなたのゆびが這うてきてわが心象の月を崩せり

六花咲き乱れし夜に白鳥はひとたび羽をひらきたるのみ

2008. 1. 31

白鳥座より抜け出でし白鳥のいたくしづかな着水を見つ

2008. 2. 7

珈琲の湯気に眼鏡はくもりゆき、そののち見えてくる銀世界

2008. 2. 7

太陽の死をおもふとき我が生は微かな風を纏ふカーテン

2008. 2. 14

雪の朝プレハブ小屋にひつそりと黒電話機の眠りがありぬ

夜深くことばの舌を絡めあふやうにしたためたる一行詩

2008. 2. 14

咲き初めし梅のニュースをくはへつつポストは雪を眺めてゐたり

2008. 2. 21

わが父の眉毛のやうな雲浮かび郷里はゑまふ素振りを見せぬ

ゆつくりと傘をたたみぬ　にんげんは雨を忘れてしまふ生き物

ししむらに星を宿してゐる鳥が吾のゆびさきを去る夕まぐれ

2008. 2. 28

雪の花散りぼふ夜を君はただ愛さるるまま愛されてゐよ

凍らねばならぬ運命《さだめ》を分かちあふ如月　われとわれのみづうみ

親子丼親子でたのむゆふぐれはただ訳もなく笑ひあふなり

2008. 3. 6

長針とふ上半身を持ちあげて目覚めし午前三時の時計

魚《うを》として赤信号を待ちをればクジラのやうにゆくダンプカー

錦鯉くちほつかりとひらきつつ冬の夜空を呑みてしまへり

2008. 3. 13

怪物の足裏のやうな雲流れ街はしづかに踏まれてゆきぬ

溢れては止み溢れては止みやがて淋しき井戸として星を見る

半月のうすれゆくころ眠剤の白きを割りて飲み下したり

2008. 3. 20

眠りから覚めても此処がうつつだといふのは少し待て鷺がゐる

押し花のキーホルダーをはじきつつあなたは風のやうに笑つた

そそぐべきうつはを持たずこの冬の水は涙として落つるのみ

2008.3.27

左手でルームミラーをあはせつつ背後の世界ばかり増えをり

春の橋越えてわれへと降りそそぐひかりの子供たちの歓声

たましひが器をえらぶつかの間を胡蝶ひとひら風に吹かるる

2008. 4. 10

街灯は目瞑るやうに消えゆけり　足穂を殴りし月もうすれて

母の死もおとうとの死もなき五月、修司の手より渡さるる蝶

母といふ感情あらば手のひらの真中に置かう春のあしたの

2008. 4. 17

菊の束かかへてあゆむときのまを小道に祖母の影立ちたまふ

散るまへの桜の大樹いだかんと河原をゆけば吾を抱く風

ひとつふたつさくらの歌をそらんじて並木をゆけり　自転車にパン

2008. 4. 24

フランスパン籠にはづませ自転車は皐月の空をよろこんでをり

2008. 4. 24

ほんのりと煤けてゐたが五年ぶりのあいつの羽根はまだ白かつた

2008. 5. 1

許されてゐるのであらう　食卓にトーストが横たへられてゐて

吾が生まれ育ちてきたるゆゑ春のこのいつぴきの蚊は殺されぬ

どぶ川はかくも美しかりしかと文体推移するほどの映え

顔をあらふときに気づきぬ吾のなかに無数の銀河散らばることを

2008.5.8

悪の悪は正義であるといふことの菖蒲咲きつつしなだれてをり

夢の戸を閉め忘れたる朝と思ふ　筆立てに筆いつぽんもなし

春の海深くにしづむ花瓶より魚ひと家族あらはれいでぬ

2008. 5. 15

鮟鱇に灯るあかりがこの星の最後の希望です　ほんたうです

2008. 5. 22

歯ブラシに記憶のあらばさぞつらからうと思ひて思ひて洗ふ

菖蒲咲きそめしさ庭へ降りたてば鳥影ひとつわれをよぎれり

蝶迷ひ込みし仏間に夏草を繁らせてゐる襖のおもて

2008. 5. 29

葉桜を愛でゆく母がほんのりと少女を生きるひとときがある

2008. 5. 29

咲きそろふマーガレットの微細なる揺れに銀河のしらべを聞きぬ

2008. 6. 5

網戸越しに蛾のやはらかき腹部あり　われのひとさしゆびを待つがに

数億年を生き継ぎしのちホウ酸のひとちぎりにて息絶えし虫

傷つきし黒鳥一羽よこたへて夕焼けてゆくサルビア畑

復刻版黒糖キャラメルの箱をひく昭和通りに風が一陣

2008. 6. 12

ふるさとはそこここにあり　還るべきからだを憂ふことも無からん

蜜柑の香かをらせながら君の手が吾のくびすぢへ夏を添へたり

名を知らぬ鳥と鳥とが鳴き交はし夏の衣はそらをおほひぬ

2008. 6. 19

笑ひとは論ではないといふことの鳥居みゆきが振るへるバット

Ｃｒｙではなくて Ｓｉｎｇであるといふ　死の前の白鳥の喘ぎも

2008. 6. 26

時計から兎の駆けてゆくやうな気配がしても誰にも言ふな

2008. 6. 26

ひかりあふビルとビルとのあはひにて虹を産まんとする雨後のみづ

2008. 7. 3

天山に未だ大熊の歩みゐるころの小さき祖父を思ひぬ

のど飴が喉をくだつてゆくまでに光を吐いてしまひなさいね

風の尾を摑みそこねてしまふのは私が風であるからだらう

てのひらに蛍愛でつつ清らかなたましひといふ語を思ひをり

うきくさのそこだけ秋のやうでありは私つう、と梅雨を抜けたり

緑濃き夏のゆふべを転がれるプラスティック如雨露にひかる蛞蝓

ああわれは純粋作者になりたしと思ふ　ここらの泥を払ひて

ひなどりのくちへ蚯蚓を運びゆく親鳥の眼がふいにまばゆし

2008. 7. 17

きらきらを綺羅へ雲母《きらら》へ変へてゆくサラダボウルといふ水鏡

2008. 7. 24

しくじりしわれを濡らせる雨のなか紫陽花の咲く坂道を越ゆ

煙突の奥よりけむりばあさんがあらはれ夏を告げるあかとき

2008. 7. 31

時計屋の親父のねぢを巻いてゐるエプロン姿のきんぞく御上

2008. 7. 31

この夏もいちどきりだとわが胸に降りくる熱き熱きスコール

2008. 7. 31

悲しみが痛みへ変はる瞬間の途切れさうなる我が蟬の声

かなぶんであそぶ子猫を見てゐたり　破壊とはこんなにも純粋

向日葵の匂ひをさせて幼らは暮れやすき照れやすき太陽

2008. 8. 7

ゆふぐれの夏の坂道越ゆるとき永遠に終はりつづける世界

西瓜のかは白磁の皿に乾かせて真夏真昼の夢に入りゆく

ぴしぴしと蔓草ひざにあてながらぽんこつチャリでゆく田圃道

2008. 8. 14

ひぐらしのオーケストラを終はらせて指揮者は西へ西へ帰らん

2008. 8. 21

合唱といふより連鎖反応の蟬蟬蟬蟬、破裂しさうだ

2008. 8. 21

汗ぬぐふタオルの白の不思議なるまばゆさに数分を過ごしぬ

ｋｎ・ｉｆｅよりこぼるる「ｋ」の無音こそ深きを抉る刃なりけり

2008. 9. 4

抒情してゆくのだらうか蛍光灯たとへば月のもとに割られて

2008. 9. 11

秋深き場所から来たといふ少年、玄関に傘を置きて去りたり

2008. 9. 18

猫を抱く婦人のやうな秋風にわれは毛布を引き寄せにけり

2008. 9. 25

千切れつつ増えゆく雲を眺めをり　人に生まれてからといふもの

2008. 10. 2

二本ほど煙草を吸ひてはじめから来るはずのなき人を待ちをり

2008. 10. 2

コノシロの骨ばかりなる白き身に「守る」といふ語を思ひてしばし

2008. 10. 9

車椅子だけが置かれた踊り場へ躊躇ふやうに朝の陽は射す

2008. 10. 23

部屋内に北極熊がゐることを誰に告げるともなく暮らしをり

2008. 10. 30

透けてゆくやうに丸まりたる猫を朝陽の中にそつと掴みぬ

2008. 11. 6

熱きもの食べられぬ舌持つものと分け合ふかつをぶしのふたひら

2008. 11. 6

われはつねけものであれば全身に炎のやうに雨は匂へり

2008. 11. 13

こくこくと小さなのどを鳴らしてはお茶を飲む子のうすももの頰

2008. 11. 27

あの雲も秋を終はらせやうとして赤く、さうして壊れてゆけり

2008. 12. 11

風の音にわがてのひらは開かれて小さき楽器のごとく震へる

2008. 12. 25

二〇〇九年

歳月の手形のやうに額を吹く風、その風に手を合はせたり

2009. 1. 8

初春《はつはる》のよろこびなしと言ふひとへ迎へらるるがよろこびと説く

2009. 1. 15

雪合戦しあつた頃の頬のいろ思ひだしつつ干し柿を食む

2009. 1. 29

蜂蜜のうごきの鈍ささへ冬のよろこびとして眺めてをりぬ

2009. 2. 5

安息の椅子

笹井宏之

この椅子には安息がある
昔、喝采を浴びて弾いた
ショパンの夜想曲が
弾けなくなっていても
この椅子には安息がある

未来、奏でられる旋律に
聴き入る人々が

誰一人居なくなっても

座るときにぎしっと軋む
この古びた椅子には
僕の還るべき場所の
欠片がひそんでいる

一番端の鍵盤に
小指を置いて

水晶を割るように
一度だけ音を鳴らしてみると

安息の椅子から
広がる風景に

微笑む僕が居た

2005/02/27　23:31

解説

佐賀という宇宙

加藤治郎

満月に彷徨える夢何処《いずこ》からフィドルの音は流れてくるか　二〇〇四年

三日目の朝に結句が降るという予報みごとに外れいて晴れ　二〇〇五年

ぱそこん、とひとが壊れてゆく音をききながら甘海老むしる夜　二〇〇六年

あすひらく花の名前を簡潔に未来と呼べばふくらむ蕾　二〇〇七年

眠りから覚めても此処がうつつだといふのは少し待て鷺がゐる　二〇〇八年

蜂蜜のうごきの鈍ささへ冬のよろこびとして眺めてをりぬ　二〇〇九年

二〇〇四年から二〇〇九年に、佐賀新聞に掲載された笹井宏之の短歌をまとめることができた。大きな喜びである。

笹井宏之が創作に使用したパソコンのデータを当たることで、掲載歌ばかりでなく、佐賀新聞のために制作された周辺の歌も収めることができた。これで、笹井宏之のもう一つの世界が明らかになった。佐賀という宇宙である。

本書の企画の発端となったのは、佐賀新聞の筒井宏之特集である。佐賀新聞には本名で投稿していたのである。笹井宏之を育てた塘健氏をはじめとする選者の諸氏に敬意を表する。特集は、二〇一二年一月から三月まで全十回、佐賀新聞読者文芸欄に掲載された全ての作品約二五〇首が掲載された。破格の特集であった。本書では佐賀新聞掲載歌には掲載日が記されてある。

一方、佐賀新聞の作品をどう位置づけるか、議論があった。口語を基調とする笹井作品とは異質であったからだ。また、第一歌集『ひとさらい』には本人の判断で佐賀新聞掲載歌は収録されなかった。それを踏まえ、遺歌集として編集された第二歌集『てんとろり』においても、佐賀新聞の歌は笹井宏之の世界を知るための一助として三十七首を収録したに過ぎなかった。

私自身、こう考えていた。佐賀新聞の歌は祖父母をはじめとする家族を喜ばすという動機で詠まれたものではないか。家族という濃密な読者に届けば十分である。そして、祖父母の世代には旧仮名というスタイルが親しまれるという判断だったのだろう。

これは、一面的な見方であった。一つの事実、二〇〇六年五月四日という日付を正しく評価していなかったのである。

木の間より漏れくる光　祖父はさう、このやうに笑ふひとであつた

二〇〇六年五月四日掲載の作品である。この歌から、旧仮名に変わったのである。新仮名と旧仮名という仮名遣いの変更は、転向と言うべき作歌の根幹に関わる問題なのである。笹井宏之は、これ以降、新仮名と旧仮名の作品をそれぞれ作り続けた。歌誌「未来」など現代短歌の場には新仮名の作品を発表した。佐賀新聞には旧仮名の作品を発表したのである。それは亡くなるまで続いたのである。生涯続けるつもりではなかったか。

では、なぜ二〇〇六年五月だったのか。理由は、はっきりしている。

歌集『ひとさらい』には、未来短歌会へ入会するまえ、二〇〇五年三月から二〇〇六年四月までの、一年と二ヶ月のあいだの作品を収めました。

ひかりのごとき、十四ヶ月でした。

笹井宏之の「あとがき」である。第一歌集の作品をまとめ、結社に入会し、歌人として出発する自覚をもったとき、旧仮名の世界を選択したのである。

おそらく笹井宏之は、こう考えたのだろう。新仮名と旧仮名の違いは表記にとどまらない。短歌そのものを決定づける鍵なのである。であれば、その新旧二つの鍵を自在に操ることができてこそ現代の歌人なのではないか。

殆どの歌人は、新仮名、旧仮名いずれかで作歌している。笹井宏之が進もうとしていたのは、未踏の地だったのである。

八月のフルート奏者きらきらと独り真昼の野を歩みをり

二〇〇六年

笹井宏之は、近くの泉山の相撲場に行って、観客席でフルートを吹いていたという。唇が乾かないように風下に向かって吹くことも、お父さんが教えてくれた。八月のフルート奏者が自画像であることは言うまでもない。

味付きの海苔が好きとか嫌いとかそんな話の出来る食卓　二〇〇五年
秋雨の国見の山を仰ぎつつポンと手の甲へおく手のひら　二〇〇五年
冬ばつてん「浜辺の唄」ば吹くけんね　ばあちゃんいつもうたひよつたろ　二〇〇六年
ふるさとは唄そのものであるゆゑに今宵も我はうたはれてをり　二〇〇七年
葉桜を愛でゆく母がほんのりと少女を生きるひとときがある　二〇〇八年

ふるさと、家族をモチーフとした作品が多い。それも佐賀新聞という場があってこそだろう。温かなもてなしの心が伝わってくる。インターネットを活動の場とした笹井宏之であったが、故郷に生きる青年の像は紛れない。笹井宏之が南の宮沢賢治のような詩人になることを想うのは私のひそかな慰撫である。

文体とモチーフが相俟って、本歌集は、ひとつの宇宙をなしている。

○

このたび、東直子さんとともに本書を監修した。東さんの新鮮な視点がありがたかった。作品の調査と整理には書肆侃侃房の田島安江さんと園田直樹さんの尽力があった。また、未来短歌会の仲間である佐藤理江さんが校閲を担当した。そして、笹井さんのご家族の多大なご支援があったのである。

チームワークで本書が世に送り出されることがうれしい。ありがとうございました。

二〇一三年六月二十五日

解説　たましいの自画像

東　直子

雨といふごくやはらかき弾丸がわが心象を貫きにけり

雨粒を弾丸として感受する心身。『八月のフルート奏者』では、生身の笹井宏之さんの本音の声をありありと感じることができる。

私が笹井さんの作品を初めてじっくりと読んだのは、第四回歌葉新人賞受賞作「数えてゆけば会えます」である。痛切であると同時にそこはかとなくおかしみも漂う不思議な作風はとても新鮮だったが、こちらの手で摑んだとたん、ふっとかき消えてしまうような儚さがあった。自分の現実にまみれた手では、この純粋な世界を正しく摑めないのでは、という不安を抱いたのだ。

「歌葉新人賞」は、初めてインターネットのみで作品を募集した短歌の新人賞である。企画者である荻原裕幸さん、穂村弘さん、加藤治郎さんが審査員で、応募作品はネット上に公開され、掲示板を通じて感想や批評を誰でも書き込むことができた。抽象的なようで深く心に刺さって消え残る笹井さんの応募作品を、皆熱心に読み解こうとした。

受賞作を含む第一歌集『ひとさらい』の出版を契機に、インターネットを中心に幅広く笹井さんの作品の愛好者が増えた。笹井さんの作品は、一人のひとが無意識のうちに抱える大事な何かにそっと一瞬、息をふきかけてくれる。あらゆる人への言葉にして、私だけの言葉。そのような特有の意識を刺激して広がっていったのではないだろうか。

笹井さんは、ネットの世界で生き生きと活動を続ける一方で、本名で地元の新聞にも投稿を続けて常連入選者となり愛読者が生まれた。家族をはじめ、手応えを直接感じることのできる故郷の新聞への投稿は、心を深く支えたことだろう。

笹井さんが生前にご自身で作ったサイト「些細」に、療養生活のことが書かれている。遠慮がちに書かれているが、その壮絶さは、想像を超えていた。その文の最後に彼は「たましいはきわめて健康ですのでご心配なく」と書く。この言葉に打たれた。本気の言葉なのだ。

笹井さんの短歌作品は、基本的に誰の心の中にも自然に入っていけるように透明感があり、抽象化されている。しかし、佐賀新聞投稿作品は、文語と旧かな表記を用いて、しっかりとしたボディーがあり、芯にはメッセージがある。本名の、つまり現実の世界の素の自分が歌を作っている、という意思を感じずにはいられない。

ひろゆき、と平仮名めきて呼ぶときの祖母の瞳のいつくしき黒
葉桜を愛でゆく母がほんのりと少女を生きるひとときがある
想うとは夏の動詞か汗と汗の間《あわい》にいよよ強くなりたる
押し花のキーホルダーをはじきつつあなたは風のやうに笑つた

母親や祖母に向けた作品は素直に感動できるし、率直な相聞歌は、みずみずしく爽やかで、心が自然に弾む。愛情をゆがませず、ハートウォーミングであることを恐れず素朴に詠む。短歌というのは本来そういうものではないのか、という問いを笹井さんが投げかけてくれたようだ。

廃品のなかでひとときはたくましく空を見上げてゐる扇風機

廃品となっても空を見上げ続ける扇風機には、「たましいはきわめて健康」だと自負する笹井さんの人生観が感じられる。「ひときは」「見上げてゐる」という旧かなが、廃品の扇風機の古さや頑固な雰囲気を醸し出している。

鬼百合が鬼に戻つてゆくさまを尼僧のやうな眼で見つめをり
真夜中の墓地あたたかし　どのつちの下にも生の時間が眠り

雨粒を弾丸として感受する繊細な身体は、誰よりも気配に敏感だった。まさに一首目のように神と人の間で精神を交歓する「尼僧」の眼差しで。鬼に戻る鬼百合には、たましいの開放がある。二首目のように、土の下の生の時間もあたたかく感知する。気配を現世に定着させるために、文語の強さで言いきることが必要だった。

この世と、この世ならざる者との間で生じる思索を、言葉の音楽に変えていった青年の本心が、どの歌にもじっくりと座っている。

今回、貴重な未発表作品を含めて一冊に纏めるための力添えができたことは大変光栄で、笹井さんの一読者としても非常にうれしく思っています。

笹井さんのご家族の皆さま、書肆侃侃房の皆さまのご尽力、そして的確な舵取りをしてくださった加藤治郎さんに改めて感謝を申し上げます。

二〇一三年六月二十五日

編集を終えて

田島安江

二〇一一年一月、笹井宏之の第一歌集『ひとさらい』、第二歌集『てんとろり』を出版して以来、笹井短歌を全部読みたいというたくさんの声を聞いていた。出版から一年が過ぎた二〇一二年一月、佐賀新聞社が大々的な筒井（笹井の本名）宏之特集を組み、過去に掲載された全二五一首を収録し、当時の選者をはじめとする、関係者のコメントを掲載した。

そのとき私は、この全二五一首だけでも一冊に組める。しかも、前二冊とはちがった傾向の一冊になると感じた。発表名はすべて筒井宏之だったし、佐賀新聞読者文芸欄はそのままインターネットでは読めない。未見の読者も多いにちがいない、と。そのことを伝えると加藤治郎さんはすぐに賛成してくださった。

一方では、笹井宏之のような若い歌人たちの歌集をもっと気軽に読めるようにならないものか、と加藤さんに相談したところ、「いいですね、やりましょう」と、即答された。こうして、「新鋭短歌シリーズ」がスタートした。ここに東直子さんが加わってくださり、一気にシリーズ発進へと動き始めた。このシリーズには若い歌人の第一、あるいは第二歌集という意味合いを持たせるという簡単な約束事があった。最初の時点では、そのシリーズと並行する形で笹井宏之第三歌集の出版も視野に入れていた。が、何度かの打合せを経て、それならいっそ、第三歌集をシリーズの一冊にするのがいいと三人の意見がまとまった。時期は第二陣の中の一冊として笹井宏之の誕生日八月一日発行と決まった。

第一陣の三冊ができあがった五月二十四日、真新しい三冊を携えて、筒井家を訪ねた。お母さんの和子さんから「その日は宏之の月命日ですから、もしかしたら、宏之が田島さんに伝えたいことがあるかもしれませんよ」と言われていた。わたしは筒井家を訪問するたびに、「宏之さんは、パソコンと携帯メールで、外とやりとりされていたし、もしかしたら、佐賀新聞に投稿され、掲載されなかった短歌など、どこかに保存されてないでしょうか」と尋ねていた。しかし、彼が亡くなった後、パソコンは開けてみていないし携帯の記録はない、ということだった。

仏壇に三冊を供え、佐賀新聞掲載紙を見せていただいた。佐賀新聞投稿歌の全部が見つからない現実をあきらめきれないでいると、お父様の孝司さんが「弟の孝徳がやっと兄のパソコンを整理してくれたのですが、私もまだ一度も開いていないのです」と、パソコンを立ち上げた。そこには、たくさんのテキストボックスが並んでいた。その一つを開けたとき、孝司さんと私は同時にあっと声をあげた。佐賀新聞というファイル名で、一回の投稿に三首ずつ、きちんと整理された投稿歌が並んでいたのである。初期と最後の半年ほどは抜けていたけれど。初期は、おそらくハガキだったろうから、見つけられないかもしれないが、少なくとも最後のものはまだ、どこか別のところにあるに違いない。私は、お忙しい孝司さんに、残りを出来るだけ探してほしいとお願いした。

実はハードディスクには、短歌以外にも俳句、川柳、詩、短編、脚本などのテキストをはじめ、作詞・作曲された楽曲も保存されていたのだ。まさに膨大な作品群が姿を現しつつあった。

「宏之が田島さんに伝えたかったことはきっとそれだったんですよ」と、和子さんの目に安堵の表情が浮かんでいた。「宏之はもしかしたら一生分の仕事をしたのかもしれません。これで彼の死を幾分かは悔やまなくてすみそうです」といわれ、わたしはなんだかほっとした。お会いするたびに、和子さんの涙腺をゆるめてしまうのは今も変わらないが、笹井宏之の死から四年半。筒井家にも少しずつだが、変化が訪れているのかもしれない。

それから一週間が過ぎたころ、孝司さんから、メールが届いた。佐賀新聞投稿歌をまとめたものなど、新たに二つのファイルがみつかったのでと、添付されていた。歌の数は優に二〇〇〇首を超えている。その二〇〇〇首もの歌の中から、佐賀新聞関連の歌だけ選び、加藤さん、東さんに選歌をお願いした。その間のやりとりは、お二人の解説に詳しいので省くが、タイトルの「八月のフルート奏者」は、まるでそこに静かにたたずむ笹井宏之の姿を彷彿とさせる。「独り」という言葉に胸を衝かれる。

八月のフルート奏者きらきらと独り真昼の野を歩みをり

は、実は佐賀新聞に選ばれなかった一首である。パソコンのなかで、外に出るのをじっと待っていた歌であることを思えば、格別の感慨がある。

笹井宏之の短歌作品のあとに詩「安息の椅子」を据え、笹井本人の「あとがき」の代わりとした。この詩もまた、笹井のもう一枚の自画像に思える。

筒井さんご家族と加藤治郎さん、東直子さんのおかげでこの本が出来た。感謝に堪えない。

なお、本歌集掲載の三九五首中二五一首は佐賀新聞読者文芸欄二〇〇四年十月十四日から二〇〇九年二月五日に掲載された歌だが、一部、笹井宏之本人の歌表記に、また一部は校閲に従ったことを付記しておきたい。

二〇一三年七月四日

■著者略歴

笹井宏之（ささい・ひろゆき）

1982年8月1日　佐賀県西松浦郡有田町泉山に生まれる
2004年　短歌を作りはじめる
2005年10月　連作「数えてゆけば会えます」で第四回歌葉新人賞を受賞
2007年1月　未来短歌会に入会。加藤治郎に師事。同年度、未来賞受賞
2008年1月25日　第一歌集『ひとさらい』（Book Park）刊行
2009年1月24日　自宅にて永眠
2011年1月24日　『えーえんとくちから　笹井宏之作品集』（PARCO出版）、第一歌集『ひとさらい』、第二歌集『てんとろり』（ともに書肆侃侃房）刊行

ブログ「些細」　http://sasai.blog27.fc2.com/

「新鋭短歌シリーズ」ホームページ　http://www.shintanka.com/shin-ei/

八月のフルート奏者

二〇一三年八月一日　第一刷発行
二〇二五年六月二十三日　第三刷発行

著者　笹井宏之
発行者　池田　雪
発行所　株式会社　書肆侃侃房（しょしかんかんぼう）
〒八一〇・〇〇四一
福岡市中央区大名二・八・十八・五〇一
TEL：〇九二・七三五・二八〇二
FAX：〇九二・七三五・二七九二
http://www.kankanbou.com　info@kankanbou.com

監修　加藤治郎
編集　東　直子
　　　田島安江
装画　清水彩子
装丁・DTP　園田直樹
印刷・製本　シナノ書籍印刷株式会社

ISBN978-4-86385-118-4　C0092